KB070693

나의 '그래도'는 아마 엄마와의 실랑이였을 것이다. 어렴풋이 구멍가게의 기억도 있고 늘 그 앞에서 놀던 유아기(5~6세) 시절이 가끔 생각난다. 그 기억은 또래 꼬마에게 매번 얼굴을 꼬집혀 피 흘리며 울던 기억, 그 기억의 뒤에는 무언가 들고 울음을 참던 기억도 한 줄기 있는 것 같고 엄마를 조르던 기억도 있는 듯하다.

무언가를 얻기 위해서 엄마를 조르던 '그래도'가 내 인생의 좌우명처럼 여기까지 같이 왔다. 한때는 만화 주인공 캔디가 매번 하던 말, "그래, 다행이다." 나도 그렇게 긍정적인 삶을 살고 싶어서 그래도 해보고, 그래서 다행이고…. 모든 삶을 그렇게 살지는 못했지만… 실망하고 포기할 때도 많았지만… '이 나이에 이런 글을 쓰고 있다는 것이 그래도 다행이다'라는 생각을 한다.

많은 공부를 한 것도 지식을 많이 쌓은 것도 아니고, 그저 하루하루 견디며 이겨내며 그런대로 즐겁게 하고 싶은 것들 적당히 하고 살았으면 잘산 것 아닐까.

나이 60을 코앞에 두고 있을 때 카톡을 나누던 친구가 '형님은 시인 같아요, 글 좀 모아보세요.' 하길래, '내가 이 나이에 그건 뭐 하러…' 그러면서도 기분이 좋았다. 글을 쓰는 일이 즐거워지기 시작했다. 한번 해볼까 망설이기를 한동안…

나의 '그래도'를 발동했다. 그래도 한번 해보자. 지금이라도 시작할 수 있는 것이 얼마나 다행이냐. 그렇게 몇 친구의 부추김을 받아 결심을 굳히고 이제 이렇게 머리말이란 글을 쓴다.

가방끈 짧고 얕은 지식으로 어떻게 사람들 앞에 나를 펼쳐 놓을까… 진땀이 나기도 하지만 기왕 마음먹은 것 한번 저지르고 말자! 마음을 수시로 다짐하며 진땀을 닦는다.

살면서 여러 가지 많은 일을 했다. 그 일들이 고달프고 힘에 겨웠지만 그 일들이 있었기에 오늘의 내가 있음을 감사한다.

글을 쓰겠다고 마음먹었을 때 간병인 일을 시작했다. 병원에서 느끼는 감정들이 가끔 나오는 것은 '그래서'이고 그 얼마 후 나도 환자가 되어 환자를 병간호하게 된다(혈소판 증가증). 물론 나의 병은 환자를 간호해도 될 만큼 무겁지 않은 것이긴 했으니 가능했지만 아직도 생활하는 데는 지장이 없으나 현재 진행 중이긴 하다.

요즘 시는 난해하고 어렵다. 그래서 잘 읽어 내기가 쉽지 않다. 그래서 나는 내 가슴을 열어 내 속에 있는 말들을 끄집어냈다. 얕은 지식으로 나의 깊지 않은 감성을 있는 그대로의 표현으로 글로 써 보았다. 어떤 것은 괜찮다 싶기도 하고 어떤 것은 참 찌질해서 이걸 어떻게 하나… 고민도 했으나 그냥 나의 있는 모습 그대로 내보이기로 했다.

나의 찌질함도 '나'이니까 그 찌질함을 그대로 받아들이리라 마음먹고, 다만 누구든 그중에 보이는 작은 무엇, 보석이든 모래알이든 작은 반짝임이라도 찾아 준다면 내 인생의 보람이 되지 않을까 생각한다.

설렘과 두려운 마음으로 이 책을 읽어 주실 독자들을 기다려본다.

영탁

차례

1부

아침 인사 1

좋은 아침.
가을이 깊어 갑니다.
사랑도 깊어 갑니다.
오늘도 이 가을에 좋은 하루가 되시길…….

화요일

겨울 아침 깊게 드리운 햇살은
봄볕인 듯 나른함으로 온몸을 녹이고
아득한 주말은 한숨으로 체념하지만
어깨엔 묵직한 주말 후유증.

지난밤 비몽사몽 꿈꾸게 한 감기약은
아직도 머리채를 잡아 흔들고
어제를 견디고 맞은 오늘에
아직도 멀기만 한 주말은
잠시 감은 눈 속에 꿈처럼 아련하다.

대성리역 앞에서

8월의 강렬한 햇빛
목청껏 울어대는 매미 소리
대성리역 앞 벤치에는
바람이 선들선들 불어오고

지난밤을 불사른 청춘들이
잔불처럼 남아있는 열정을 소란스레 흘리며
집으로 가는 열차를 향해 가고

도시의 열감을 벗어났음을 느끼게 하는
바람 좋은 느티나무 그늘의 벤치에서
짜릿한 물놀이의 기대감보다는
나른한 정적과 편안함을 느낀다.

몇 발짝 떨어진 도로에
가다 서기를 반복하며 늘어선 차들의
아득한 소음조차

시간이 멈춘 듯한 찰나 속에서
잠시 즐겨 본 슬로우 시티의 무념.

존 덴버를 듣다

아직 어두운 새벽에 지하철을 타서
어슴푸레 밝아오는 아침에 지상으로 나왔다.
귀에 꽂은 이어폰에서는 존 덴버가
조금은 우울한 나의 아침을 동행한다.
봄빛이 움트는 창밖을 보면서
나의 마운틴 마마를 생각해 본다.

Country road take me home to the place
I belong West Virginia mountain mama
Take me home Country road

지하도 계단을 숨차게 올라오면 버스정류장.

아직도 이른 아침이건만
도로는 이미 자동차로 가득 차 있고
버스정류장엔 사람들로 가득 차 있다.

온통 어두운 빛깔의 옷을 입은 사람들이
구름처럼 서성인다.
그들 사이로 비집고 들어가 먹구름이 된다.

눈을 감는다.

아침의 따사로운 햇살이 내 어깨에 비친다면
정말 행복할까!

Sunshine on my shoulders makes me happy
Sunshine in my eyes can make me cry
Sunshine on the water looks so lovely
Sunshine almost always makes me high

갑자기 숨이 막힌다.
계단을 급하게 올라와 숨은 거친데
도로를 메우고 있는 자동차들이 매연을 내뿜고 있고
신호 때문에 출발을 못 하고 있는 버스는
코앞에서 매연을 뿜어 대고 있다.
숨을 쉴 수가 없다.
뒤돌아서서 한참을 헉헉대며 숨을 고른다.

봄빛 가득한 숲속에 비가 내리면
시원하고 상쾌한 공기는 얼마나 달콤할까?

You fill up my senses
Like a night in the forest
Like the mountains in spring time

Like a walk in the rain

이리저리 밀치고 밀려서 겨우 올라탄 버스
수많은 사람들 틈에 끼어서

그래! 이렇게 또 하루를 산다.

I can't be contented with yesterday's glory
I can't live on promises winter to spring
Today is my moment and now is my story
I'll laugh and I'll cry and I'll sing

조금은 헐렁해진 버스의 사람들 틈에서
신나는 리듬에 촌놈임을 감사하는
그의 노래를 들으며
아직 감사할 일이 없는 나는

그저 좋은 사람 만나서
구수한 밥 냄새도 맡고
잔잔한 음악 들으며
일하러 가는 것이 꿈인데…

아! 언제쯤 그런 삶을 살아볼 수 있을까!

Well, I got me a fine wife
I got me old fiddle
When the sun's coming up
I got cakes on the griddle
Life ain't nothing but a funny funny riddle
Thank God I'm a country boy

#존 덴버는 자연이다.
도시의 삭막함에서 존 덴버의 자연을 그리워하며….
2018. 3.

* 유튜브와 다음 카페에서 '영탁의 그래도'를 찾으시면 소리로 들으실 수 있습니다.

초승달

초여름
노을이 곱지 않은 서쪽 하늘에
초승달이 떴다.

구름도 별로 없는 하늘에
초승달을 업은 듯
하얀 새 모양의 구름이 곱다.

초승달을 등에 업고 어디로 가는 걸까!

구름은 점점 흩어지고
어둠은 점점 짙어 오고
초승달 기울어 별만 반짝이고.

땅콩 한 봉지 희망 한 자락

어느 작가의 무전 여행기
배고플 때 먹으려고 아껴둔 기내식 땅콩 한 봉지
스무 알이나 들었으려나.

좋은 사람 못 만난 날 배고파 먹으려다
더 힘든 날 생각하며 아끼고 또 아껴서
긴 여행 마치고도 보물처럼 갖고 있다.

얼마나 많은 배고픔의 순간들을
희망의 땅콩 한 봉지로 버텨냈을까.

그 기억만으로도 눈물을 흘리는 작가를 보았다.

삶이 그런 것이던가.
그 아픔에 눈물이 흐른다.

땅콩 한 봉지에 건 희망 한 자락
그것은 결코 포기하지 않았다는 것.

* 김치 버스 유시영 작가 인터뷰를 보면서

어떤 유언
병실에서 마주한 어떤 유언

하늘이 맑고
노란 은행잎이 우수수 떨어져
발길에 차이던 날
갑자기 찾아 든 길손처럼
머릿속 실핏줄 하나 막히던 그 날.

작은 병실로 모여든
내 사랑하는 피붙이들
앞으로 내 남은 일정이 순탄치 않음에
조금이라도 정신 맑은 날
눈 속에, 가슴에 담아 넣고 싶어서
손 마주 잡고
눈 마주치며
한마디씩 나누며
지나간 내 인생의 발자취를 더듬노라.

잘 자라 준 우리 새끼들
고맙고도 고맙고
힘들고 아픈 자식 눈에 밟혀 어찌할거나.

먼저 간 마누라가
아끼고 아껴 모은 쌈짓돈과 집 한 채를
이리저리 쪼개서 골고루 나눠 줄 제

찌들고 병든 놈 한몫 더 챙겨주며
내 아픈 이놈을 잘 챙겨 주라 당부하고 나니

지나온 내 인생이 이리 마감되는가
서러워 눈물이 쏟아진다.

행여 내 정신 맑을 때는 손대지 말고
내 정신 흐려지는 날 애쓰지 말며
그저 편히 날 보내고
그때 의 상하지 말고 그렇게 나누거라.

사랑한다.
내게 와서 기쁨이 된 너희들이 고맙구나.
잘살거라, 아프지 말고
그것이 너희에게 바라는
나의 마지막 바램이다.

앞으로 얼마를 더 보게 될지 모르지만
마지막 인사 못 하고 가더라도
부디 섭섭하게 생각 말거라.
고맙구나.
사랑한다, 모두….

* 유튜브와 다음 카페에서 '영탁의 그래도'를 찾으시면 소리로 들
으실 수 있습니다.

병실의 가을 아침은

병실의 가을 아침은
넓은 창으로 밝은 햇빛이
이만큼
들어오는 것으로 시작한다.

왠지 그 볕을 놓치면 안 될 것 같아
창 옆으로 의자를 옮기고
아침 냉기에 조금은 굳은 듯한
온몸을 오롯이 볕에 맡긴다.

햇볕만큼이나
눈이 부신 파란 하늘을
실눈으로 올려 보다가
빨간 단풍이 눈에 들어와
탄성을 지르듯
유리창에 머리를 박고
정원을 내려다본다.

가을은 소리 없이
나무와 풀들을 점령했다.
그리곤 자신의 표식으로
채색을 마쳐가고 있다.

아름다운 포로들
그 포로들에 마음을 빼앗긴다.

바람이 분다

곁에 있어 늘 친근한 느티나무가
온몸을 흔들며 바람을 맞는다.

바람 앞에 서 본다.
머리카락을 올올이 흔들어 대며
머리를 빗겨 준다.
이런 바람이 좋다.

가끔은 부드럽게 머리카락을 흔들어 주는
고운 바람도 좋다.

바람을 좋아하는 느티나무는
고운 바람에도
이 가지 저 가지 흔들어 대며
바람과 노닌다.

바람과 노니는 느티나무가 좋다.
바람이 흔들고 지나가는
머리카락이 좋다.

문

늘 문 앞에 서 있다.
들어오라는 문
들어오지 말라는 문

들어갈 수 있는 문
들어갈 수 없는 문

들어가기 싫은 문
들어가고 싶은 문

늘 열려 있는 문
늘 달혀 있는 문

그 님의 가슴엔 어떤 문이 있는 걸까.
그 문은 늘 열려 있는 걸까.
늘 달혀 있는 걸까.

누군가 들어오기를 기다리고 있는데
용기내지 못하는 나를 원망하는 것은 아닐까!

삶은 계란 구운 계란

삶은 계란은 속이 하얗다.
구운 계란은 속이 검다.

흰 속살은 야들야들
검은 속살은 쫄깃쫄깃

흰 속살 노른자는 포실포실
검은 속살 노른자는 뚜걱뚜걱

노른자는 똑같은데
느껴지는 불 맛은 구운 계란이 좋고
냉면 국물에 풀어 먹기는 삶은 계란이 좋다.

서점

서점에 들어서면 가슴이 설렌다.
가득가득 쌓여있는 책들이 좋고
신간 서적 판매대에 쌓인 책들이 즐겁다.

각양각색의 표지가 눈길을 끌고
새로운 아이디어가 웃음을 준다.

조금씩 들척이면
눈에 들어오는 글자들이 신선하고
유명작가의 이름들이 신기하다.

언제부터 이랬을까?
음…
조금씩 쓴 글들을 모으기 시작하면서부터
언젠가는 예쁜 책을 만들어 봐야지
그때부터 서점은 꿈이 되었다.

서점 2

어정쩡 빈 시간엔 서점에 들러서
이것저것 뒤적인다.

책 읽는 사람들 틈에 가만히 앉아 본다.
책 한 권 뽑아 들고 앉아 읽어도 좋으련만

그저 가만히 앉아
책 읽는 사람들의 냄새를 맡는다.

뒤적거린 책들만으로도
머리는 복잡하다.

더 이상 활자를 머리에 넣고 싶지 않다.
그저 이 분위기가 좋다.

책 냄새
책 읽는 사람 냄새.

시골살이

그땐 그랬다.
새벽이면 일어나
간밤에 불린 콩을 씻고 갈고
가마솥 장작불로 두부 만들고
들로 나가 논밭 살피고
포도밭도 돌아보고

점심엔 손님맞이 음식도 나르고
메밀을 씻고 갈아 즙을 짜서
가마솥 주걱질로 묵을 쑤어 상에 내고

오후엔 감자 캐고 콩도 심고
논둑에 풀도 베고
막걸리도 한잔하고.
들꽃들과 한가로이 하늘 보며 콧노래
서쪽 하늘 고운 빛에 취해도 보고

긴 하루가 행복해서 또 한잔 찾던 일이
이젠 아득하지만 10년도 안 된 옛이야기.

새벽

여신의 옷자락 같은 안개가
숲 사이 촉촉한 계곡을 흐르고

어둠을 뚫고 온 산새 소리가
적막을 깨며 신선하다.

밝음을 이끌고 온 한 줄기 빛으로
분주해진 산새들의 노래에
잎새는 맑은 이슬 떨구며
박자를 맞춘다.

신선함으로 찾아오는
맑음 밝음에
숲은 잠에서 깨어 하루를 맞는다.

비요일

좋은 아침
무거운 하늘이
오후에는 비를 뿌린다네요.

비가 오는 날은
빗소리도 좋고
살짝 우수에 젖어
센티멘털을 즐기는 것도 좋고

좋은 사람과 같이 있음
더 좋겠지만

떨어지는 빗방울 속에서
그려지는 얼굴이 있어도
좋을 것 같습니다.

가물거리는 추억 속에 그 누구라면
더 좋을 것 같은….

오후가 기다려집니다.
빗소리와 함께 찾아올
그 추억의 설렘
오늘은 비요일입니다.

목련

봄인 듯
겨울이 가시지 않은 양지쪽에
흰 눈이 내리다 멈춘 듯
목련이 꽃눈을 열었다.

어느 새 환히 밝힌
우아한 꽃잎이 봄볕에 눈부시다.

보스스 열린 꽃잎 사이로
선녀들이 얼굴을 내민 듯
봄바람에 나부낌은 아름다운 군무

그렇게 선녀가 될 수 없는 목련은
꽃잎을 활짝 열고
검게 타 들어 가는 꽃잎이
실연의 상처처럼
슬프도록 아름답게 스러져 간다.
목련은 목련보다 아름다웠다.

꽃은 피고 지고 강물도 흐르고
다시 올 더 아름다운 봄을 그리며
나의 기다림은 다시 시작되고.

비 내리는 플랫폼 벤치에 앉아

내리는 빗소리
바람 소리에 젖어

기다림의 우울인지
떠남의 서글픔인지
마음은 빗물에 씻기고 씻겨
말간 얼굴로 빗방울을 세어본다.

아니 무엇을 헤아리는지 모르겠다.

셀 수 없는 빗방울처럼
지나간 많은 날들의 조각들이
하늘에서 쏟아져 내린다.

행복했던 일도 많았고
즐거웠던 일도 많았지만
이렇게 빗소리가 들리는 날에는

아쉬움과 그리움이
더 크고 무겁게 다가오는 것을
막을 수가 없는 것은

아직은 삶에 대한 미련이
더 크게 남아 있기 때문일 거다.

아직도 그리운 이의 설렘이
가슴에 남아 있기 때문일 거다.

비 내린 아침

밤사이 내린 비가
아침을 차분하게 합니다.

조금은 무거운 듯
그러나 상쾌함을 느끼게 하는 아침입니다.

비에 젖은 봄꽃들이 아름답습니다.
방금 얼굴을 씻고 나온 연인처럼 맑습니다.

비 오는 카페에서

비가 내리는 노천카페에
찻잔을 앞에 놓고 앉아서
이런저런 생각에 잠겨
부슬부슬 내리는 비속을 하염없이 바라본다.

골목길을 천천히 움직이는 자동차
차를 멀리 세웠는지
아이를 안고 뛰는 젊은 부부
우산을 쓰고 도란도란 빗속을 걷는 젊은 연인
거리는 분주한 듯 차분하다.

비 오는 날은
모든 것이 정겹게 마음 깊이 들어온다.
조금은 우울하여도 좋고
기쁜 일이 있어도 좋을 것 같은

노천카페에서 내리는 빗소리에
상념,
그 깊은 늪으로 점점 빠져들고.

2부

봄이 온 듯한 아침

새벽에
눈발이 날리기는 했지만
맑은 하늘에
따뜻한 햇살이

그냥
지나쳐 버린 듯한 겨울의
아쉬움을
가득 남기지만
어느 새 느껴지는 봄기운은
얼굴 가득 미소를 짓게 합니다.

봄을 찾다

추위가 물러간 듯하여
따뜻한 볕이 좋은 날
봄을 찾아 잠시 둘러보았소.

그저 봄바람인 듯
싫지 않은 바람이
살짝 볼을 스치고 지나가더이다.

아직은
봄을 기다리듯
3월을 기다려야 할 듯싶소이다.

버스 정류장에서

늘 기다림이 있는 그곳에 서 있다.
약속도 기다릴 사람도 없는 안개비 내리는 그곳에
어둠이 내리기 전부터 습관처럼 서 있다.
이 저녁 올 것 같은 누군가를 기다리며

멀리서 달려오는 버스는
반갑게 맞는 나를 외면하듯
낯선 이방인 한둘을 내려놓고는
초점 없는 내 시야에서 멀어져 갔다.

오랜 기다림 속에 어두운 빗속을 달려온 막차는
낯선 곳을 지나듯 요란하게 온몸을 흔들며
서지도 않고 지나가고
이젠 버스는 더는 오지 않는다.

무거운 발길로 돌아서 걷는다.
자꾸자꾸 뒤돌아보며
발길보다 더 무거운 가슴을 안고

내일은 꼭 누가 오리라.
이 외로움에서 나를 구하러
이 적막 속에서 나를 데리고 갈 그 누가.

민들레의 봄

따뜻한 양지쪽에
노오란 민들레가 활짝 피었어요.

거친 땅 어디라도
이맘때쯤이면 피기 시작하여
쉼 없이 꽃을 피우고
홀씨를 날리지만

봄이 오는 길목에서
앉은뱅이로 피어나는 민들레는
애처롭고 반갑고 이쁜
겨우내 기다린 그리움입니다.

민들레의 땅

봄볕 따듯한 산비탈 모퉁이는
그 어느 곳 할 것 없이 민들레의 땅이다.

노란 꽃으로 봄을 알리고
꽃처럼 예쁜 홀씨를 품고
봄바람 사알짝 잎새 흔들면
저마다 두둥실 홀씨를 날린다.

민들레의 땅은 어디든 있고
어느 구석 돌 틈에서도 봄을 알린다.

작은 꽃이 아름다워

어느 날 문득
고개 숙여 발견한 작은 꽃들
늘 거기 있었지만
그냥 지나치기만 했다.

봄이 오는 모퉁이 맨땅에
초록빛이 눈에 들어오고

초록이 자라네!
무심히 던진 눈빛 한 줄기에
연둣빛은 초록이 되면서
무심을 무너뜨리고

초록의 틈 사이로
노란빛이 보이더니
밤사이 활짝 핀
노란 꽃 한 송이가 나를 반긴다.

너무 작아 보이지 않던
아주 작은 꽃이
애처롭게 여린 잎으로 활짝 웃으며….

밤 벚꽃 놀이

오늘이 꽃눈 맞기에
좋은 날인 것 같아요.

바람도 거의 없고
꽃들의 아우성이 절정에 달했으니
저녁에 꽃눈 맞으러
인천 대공원에 가야겠어요.

꽃눈 맞으러 함께 갈까요!
설레는 맘으로 즐거운 하루를 보냅니다.

봄 예찬

봄은 눈이 호강하는 계절입니다.
길가의 탐스러운 꽃들이 흐드러지게 피어
어떤 때는 꽃의 존재를 잊기도 하지만

눈이 열리고 꽃이 보이면
천국이 따로 없는 듯 마음이 황홀합니다.

다른 계절에도 꽃은 많이 피지만
봄꽃은 작은 꽃들의 잔치여서
많음의 화려함이 가슴을 뛰게 합니다.

올해는 봄을 즐길 마음이 준비된 것 같습니다.
꽃의 계절 동안 꽃을 보며 행복해 보렵니다.

모란 2019

사라져간 꽃보라가 아쉬워 걷던 길에
튤립과 수선화가 슬어져 간다.

철쭉과 영산홍의 꽃 무덤을 지나
한적한 숲 사이 양지쪽을 걷다가
멀리서 보이는 꽃 무리.

반가운 연인을 만난 듯 가슴이 쿵쿵댄다.
여기에 모란이 모여 있구나!

색색의 탐스러움을 뽐내며
이 봄 모란은 그렇게 내게 왔다.

봄 들녘

봄이 오는 길목에 꽃 잔치 끝이 나고
라일락 향기 퍼져가고 뻐꾸기 울 때면

들녘 넓은 땅엔
한 조각씩 하늘이 내려앉는다.

하늘은 하늘을 비추며
깊은 곳으로 구름을 흘려보내며
논둑에 풀꽃을 비추어 내고
작은 동산 아카시아 향기도 비추어 낸다.

온 하늘이 내려앉고
높은 구름이 맞닿으면

여릿여릿 내려앉은 하늘에
연초록이 짙어지고

나른한 햇살 속에 뜸부기 울고
그렇게 여름이 오고.

봄 들녘 2

기차 창밖으로 봄 들녘이 지나가고
하늘에도 땅에도 구름이 보이는 날

멀지 않은 그 시절 모내기 논에는
마을 사람 모두 모여 노랫소리 흥겨웠고
새참은 잔치되고 웃음소리 정겨웠건만

기차가 빨라져 세월도 그리 갔는지
모심는 논에는 콤바인 한 대만 어슬렁거린다.

들녘에 내려앉은 하늘은 그날처럼 투명한데
사람들은 보이지 않고
귓가의 노랫소리만 메아리로 들려온다.

5월

화려하던 꽃들이 지고
라일락 향기도 흩어지고

연둣빛 잎새들이
청록으로 짙어지는
기다림의 끝자락입니다.

청록의 잎새 위에
빨간 장미가 피어나듯

우리의 삶도
꽃이 피기를 기대합니다.

5월은 우리의 희망입니다.

오월을 보내며

오월엔
무수히 많은 꽃들을 만났고
그만큼 행복했던 시간들

다시 올 오월은
더 아름답고 행복할
설렘으로 가슴에 담습니다.

오월은 행복했습니다.
그대와 함께 나눈 시간이 있었기에
더욱 행복했습니다.

아름다운 오월이여,
다시 올 더 아름다운 오월이여!!

봄꽃들의 향연

올 똥 말 똥 봄이 와서
힘겹게 핀 꽃들의 화려함이 절정을 넘어서고
목련의 순박함과 우아함은 실연의 아픔처럼 타 들어 가고

온 세상 환하게 밝힐 듯 빛나던 벚꽃은
꽃눈 날리듯 꽃보라로 바람에 흩어져
눈처럼 쌓여간다.

개나리 담장 밑에 떨어진 노란 별들은
연둣빛 잎새에 가지를 내어주고
라일락 향기는 바람에 실려 퍼져간다.

온 세상 덮을 듯 피던
나뭇가지 위의 꽃들의 시간은 가고
뽀송뽀송한 흙을 뚫고 올라온
튤립과 수선화가 자태를 뽐내며 눈길을 끈다.

철쭉과 영산홍이 꽃 무덤을 이루고
양지쪽 모란의 땅에
크고 탐스러운 꽃송이들도
이제 작약에게 자리를 넘겨주고

잎새의 푸르름이 꼴을 갖추니
실록의 계절이라

어느 새 봄은 막바지를 맞은 듯
장미의 꽃봉오리를 부풀려 놓았다.

봄의 뒷모습

봄꽃들이 지고 있는 아쉬움에 마음이 허전하여
봄의 뒷모습을 찾아 여기저기 헤맨다.

꽃들은 제 일을 마치고 씨를 맺고 열매를 키우고
봄비를 맞으며 지는 꽃들에게 손을 흔들며
다시 올 새봄 그 환희를 그려본다.

보미 봄이 사월이 오월이
그녀들과 그렇게 이별을 한다.

빗속에 마지막 핀 모란을 보며
아쉬워하는 옆의
작약은 꽃망울을 열기 시작한다.

꽃은 계절로 이어지고
봄의 뒷모습은 짙푸른 녹음으로
화려한 뒷모습은
결코 서운함도 아쉬움도 없다.

봄은 그렇게 여름이 되어 가는 것이다.
첫사랑 소녀가 성숙한 여인으로 변해가던 것처럼….

관곡지 연꽃

뜨거운 태양 아래
우산만 한 연잎들이 물결을 친다.

연꽃 봉오리는 삐죽삐죽 꽃잎을 열어도
실바람에 망가져 볼품이 없다.

바람도 없는 여름 어느 날엔
하얀 연꽃 분홍 연꽃 자태를 뽐냈겠지.

커다란 연잎이 바람에 나부끼며
거센 파도를 만들어 낸다.

실바람에도 연잎들은
폭풍의 바다를 연출하고
연잎의 바다
그 안에서 일렁이는 세상을 본다.

가을 장미

오월,
화려하던 자태의 장미가
무덥고 긴 여름을 거쳐 늦가을
그래도 꽃을 피우고 있다.

가을 화단
듬성해진 잎사귀에
조금은 작아진 꽃송이의 장미는
화려한 색과 모양은 그대로이나
무언가 초췌해진 모양이
사람들의 눈길을 끌지는 못한다.

초라하지는 않으나 눈길을 끌기에는 부족한
그래도 피고 지는 예쁜 장미를 보며
때맞추어 주변과 조화를 이룸이
아름다움의 근본이 아닐까.

꽃밭 옆 벤치에 앉아서

눈으로는 알록달록 예쁜 꽃들을 보며
지나온 옛일들에 마음을 빼앗긴다.

채송화 봉숭아 백일홍 맨드라미
이제는 도심의 꽃밭에선 보기 어려운 꽃들

화려하고 아름다운 꽃들의 자태에 밀려
찾아보기 어려운 귀한 꽃이 되어 버렸다.

꽃밭의 제일 앞쪽엔 앉은뱅이 채송화가
몽실몽실 통통한 줄기와 잎에
진한 분홍 주홍 만지면 없어질 듯 엷은 꽃잎을
손끝으로 살짝살짝 건드려 보던 작은 손이

봉숭아 꽃잎 손톱에 물들인다며
누나를 따라 겁 없이 따내던 작은 손이

키 작은 백일홍 꽃향기를 맡는다며
코에 대보던 백일홍은 향기가 있었던가, 없었던가?

그 시절 그 향기가 머릿속에 맴을 돈다.

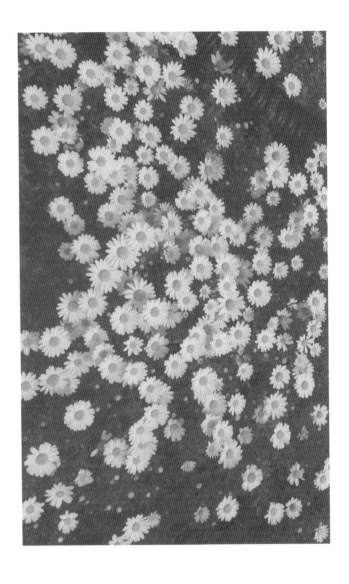

3부

아침 인사 3

좋은 아침.

하늘은 살짝 무겁지만
가을의 운치는 더해갑니다.

즐거운 한 주 되시기 바랍니다.

사랑과 이별

그대 거기 있고
나 여기 있어도
입가에 미소 번지고

그대 여기 있고
나 그대 곁에 있어도
먼 산에 걸린 구름 그대이려나……

그리움

가을바람 속에는 그리운 내음이 있습니다.

아주 까마득히
먼 기억처럼 남아있던 그대 생각이
가을처럼 깊어져

억새를 흔드는 바람 속에 홀로 서 있듯
한기로 온몸이 떨려옵니다.

가을볕 그 긴 그림자처럼
그대가 그립습니다.
혼자만의 그리움이라도 좋습니다.

오늘 나를 이끌고 온
이 그리움이 그냥 좋습니다.

기다림

어느 새 주말입니다.
너무 멀어서 올 것 같지도 않았는데

뒤돌아볼 사이도 없이
바람처럼 지나 버린 것 같습니다.

지루함 속에서도 작은 행복을 누린 것은
그대의 포근한 마음 덕입니다.

오늘을 즐겁게 지내고 나면
그대를 볼 수 있는 그날이 되겠지요.

오늘도 설렘으로 행복하게 지내보렵니다.
이 더디 가는 시간 속에서.

사랑

그대를 알게 된 것에 많이 감사해요.
멀리서 몇 번 그대를 보며
좋은 사람일거라 생각했지요.

우리는 마주 보게 되었고
선하고 맑은 그대의 미소가
내 마음으로 들어왔지요.

몇 번의 대화로
나의 생각이 틀리지 않았음에 기뻤고
그대는 그렇게 웃으며 나를 반겨 주었지요.

지금까지 만나 본 적 없는
자상하고 다정한 그대

그대는 내 마음에 자리를 넓혀 갔고
나는 사랑이라는 생각에 빠져 갔어요.

세상에서 꼭 한번 만났으면 했던 그런 사람
그 사람이 당신인 것 같습니다.

밤에 쓴 편지

가을이 깊어가는 만큼 내 마음도 그리움이 깊어갑니다.
그대에게 자꾸 무슨 말이든 하고 싶은 마음을
꿀꺽꿀꺽 삼키며 주말을 넘겼습니다.

그대의 마음이 나를 향해 있지 않음을 알았을 때
나도 마음을 접자 마음먹고 그렇게 몇 날을 보냈어도
새벽에 잠을 깬 내 머릿속에는 그대가 더욱 커져
야위어 가는 나를 더욱 휘청거리게 합니다.

처음 그대를 마주하며
마음씨 고운 다정한 사람임을 알았고
주고받은 짧은 글을 몇 번을 다시 보았다는
그대의 말에 머리카락은 쭈뼛거렸고

차 한 잔과 짧은 산책은
마음을 설레기에 충분했으며
다정함에 마음을 빼앗기고 있을 때

달이 떴다는 전화는
나의 다리를 후들거리게 했고
달 소식에 감동하는
나에게 웃음으로 답하던 그대는

이 사람이 내가 찾던 그 사람이구나
마음을 정하게 하였습니다.

그런데 그대는 아니라니요.

즐거워야 할 우리의 만남은
나의 슬픔을 확인하는 시간이 되어 버렸습니다.

내 눈에 보이는 그대는 참 아름다운 사람입니다.
어렴풋이 떠오르던 그 일주일 동안의 그대 얼굴과
마주 앉아 보았던 그대의 모습까지

짧은 시간 꿈을 꾸듯 그대에게 빠져가는 나를
그대여 한 번 더 다정한 눈으로 바라볼 수는 없는지요.

사랑의 기쁨은 여름밤 짧은 꿈 같이 내게 오더니
사랑의 슬픔은 깊은 가을밤 풀벌레 소리처럼 애달프게 울어
댑니다.

이별은

시월의 끝자락 붉게 물든 노을도
검은 어둠 속으로 젖어 드는
한적한 공원 벤치에

어둠 같은 슬픔은
느릿느릿 떨어지는 갈잎처럼
내 어깨 위로 내려와

아직 갖춰 입지 못한
얇은 옷에 흠칫 놀라듯
그렇게 나를 한기로 몰고 간다.

조금씩 움츠리다
그 떨림에 온몸을 흔들며
주체할 수 없는 슬픔에 짐승처럼 울부짖는다.

어느 사이
한 줄기 바람이 나를 흔들어 깨워
흐트러진 매무새를 정리하며 일어서 걷는다.

또 다른 슬픔 하나를 가슴에 품고
다시 불어올 바람 속으로 걸어간다.

이별은 또 어느 바람의 뒤편에서 내게로 오지만
슬픔의 크기만큼의 사랑을 내게 남기고 간다.

슬픈 만큼 아픈 사랑,
아픈 만큼 깊은 사랑.

이별이란

가슴을 설렁하게 하는 슬픔이
섭섭함과 외로움이

속눈썹에 물기로 인한
서늘한 바람을 느끼게 한다.

조금만 섭섭한 듯 세상을 살면
그리 한스럽지는 않겠지만

가슴에 소슬바람 한 줄기는
가지고 가야겠지.

오래된 것처럼
그러나 먼 기억이 아닌 듯이
아직도 느껴지는 작은 슬픔에

사랑도 연민도
늘 초가을 바람처럼

하현달

아직 어둠이 가시지 않은 시월의 새벽
하늘엔 뿌연 하현달이 노랗다.

새벽까지 뒤척이던
나의 질척임이 아직도 남아 있는지
눈을 비벼도 하현달은 뿌옇다.

달 소식을 전하겠다던 그 사람은
하현달이 되도록 소식이 없고

달 소식을 기다리던 마음엔
어느 덧 그리움의 샘이 흘러
달도 없는 그 까만 밤까지 나를 태우고 가려나.

10월의 달

저녁 무렵
동쪽으로 하얀 달이 뜨고

기러기 북녘으로 줄지어 날면
창 열고 서쪽 하늘 밤을 기다려

찬 이슬 밤길을
달빛 따라 오시려나.

가을 그리고 이별

11월에 이별을 하려니
눈이 자꾸 시어 옵니다.
소주 한 잔의 효과일지
저 푸른 하늘 때문인지

온 산이 울긋불긋
단풍으로 물들어도
마음이 떠난 그 님이
자꾸만 생각나

눈은 점점 뜨기 어려워지고
핑곗김에 실컷 울어나 볼까.
울지 말자 자존심에 숨을 참아보지만

어느 새 흐른 눈물
되새김하듯 삼키며 가슴을 누릅니다.

울지 않으려 슬픔을 꿀꺽 삼켜 봅니다.

시간의 강물 속에

커다란 강물처럼 흐르는 시간 속에서
그대와 나의 흐름이 겹쳐 만나는 짧은 시간

같이 뒤엉켜 흐름을 사랑이라 하고
작은 흐름의 변화로 헤어져
만날 수 없음에 이별이라 합니다.

그저 같은 시간.
같은 흐름에 감사하고
어느 흐름에 서로 헤어져
만날 수 없게 되는 아쉬움도 있겠지만.

그래도 같은 강물,
같은 시간을 흘러
저 넓은 바다로 감에 희망을 겁니다.
혹시 모를 작은 해류의 엉킴이라도 기대하면서.

머리카락

거울을 볼 때마다
머리카락 몇 올이 삐죽거린다.
아무리 만지고 달래도 어느 새 빼꼼히 고개를 든다.

문득 아주 오래전
엄마의 머리가 생각났다.

곱게 빗질하여 빗어 넘긴 머리가
조금만 몸을 움직여도 삐죽거리며 일어섰다.

"엄마, 머리가 왜 이래?"
웃으며 매만져 드려도 엄마 머리는 늘 그랬다.

그땐 이유를 몰랐다.
내가 엄마 나이가 되어보니 그 이유가 보인다.
나이를 먹다 보면 머리카락도 힘이 없어 말을 듣지 않는다.

엄마! 내가 어느새
그 시절 엄마 나이를 지났네!

다 늙어서도 엄마가 그립다.
삐죽대는 머리카락 한 올에도
엄마의 추억 한 가닥.

유전

아버지는 3남 2녀 중 둘째, 큰아들
나는 4남 2녀 중 넷째, 셋째 아들

큰형과 나는 아버지를 닮고
작은형과 동생은 엄마를 닮고

아버지 닮은 둘은 이마가 넓고
엄마를 닮은 둘은 보기 좋게 넓고

아버지 삼 형제는 술고래 술 없이 못 살았고
작은형과 동생도 술 없이는 못 살았고

아버지 형제 중 아버지가 그중 오래 사셨고
우리 육 남매는 모두 먼저 가고 나만 홀로 살고 있다.

분홍 구두

백화점 쇼윈도에 분홍 구두 한 켤레
물끄러미 바라보며 생각에 잠긴다.

아주 오래전
허름한 쇼윈도에 예쁜 분홍 구두 한 켤레
몇 번을 오가며 보고 또 보고
괜스레 찾아가서 한참을 들여다보고

아픈 동생이 좋아할까 망설이고 망설이고
부족한 돈 채우느라 조마조마 맘 졸이고

그러던 어느 날
동생 손 꼭 잡고 구둣방 문 열고 들어가
여리고 고운 발에 분홍 구두 신겼을 때

파리한 얼굴에 환한 미소
열일곱 고왔던 그 얼굴,
스물두 살 앳된 오빠의 벅찬 그 기쁨을….

오래된 이별

그래도 떠나며 안녕이라 말은 하고 갔다.
그 안녕이라는 말이 참 고맙다.
이렇게 오래 너의 목소리를 기억할 수 있으니

나는 매번 그 기억으로 가슴이 메이고 눈물을 흘린다.
그것은 너에 대한 나의 사랑일 거다.

너를 많이 사랑했지만 너는 늘 내게 작은 가시였다.
작고 이쁘고 아픈 가시.

홀로 세상의 온 짐을 지고 가는 너를 지켜보는 나는
너무 나약해서 너를 위해 할 수 있는 것이 없는
아프고 슬픈 날들이었고

그래서 너의 안녕 이후 너를 자주 생각했고
그때마다 슬픔의 심연에서 한참씩 숨을 가다듬어야 했다.

이제는 가끔씩 꺼내 보는 오래된 사진처럼
빛바래고 낡았지만

너는 아직도 내 가슴에 꽂혀있는
작고 이쁘고 아픈 가시 하나.

아이

목소리만 들어도 눈물이 나는 사람이 있다.

웃고 떠들며 너스레를 떨어도
눈에는 물기가 고여 가고

잘해 줄 수도
잘해 줄 것도 없어서
미안해지고 그래서 연락도 자꾸 미루어지는
아픈 가시 같은 사람이 있다.

너를 그렇게 보내지 말았어야 했는데
너를 그렇게 보내고 나니
이 아이가 너보다 더 아픈 가시가 되어
내 가슴에 꽂혀 있다.

2016 섣달그믐에

금 하나 그려놓고
이 선을 넘으면 숫자 하나씩 더하기
그 의미가 기쁨으로 다가오던 시절도 있었는데

인생이라는 오르막 고개를 넘어
내리막길을 가고 있는 지금
굳이 숫자를 헤아려 가며 가야 되는지

그냥 천천히 주위도 돌아보고
뒤도 한 번 돌아보고
내려가는 길 되돌려
가볼 수 있을 만큼 가보고
다시 원위치도 해보고
그렇게 살아보고 싶은데

연말연시라는 것이 자꾸
내가 얼마만큼 내려왔고
얼마쯤 남았을 것이고…
이런 걸 각인시키려 들어 서글퍼진다.

마음속에서라도
그 금을 지워 버리고 어제 오늘 내일

늘 돌아가는 그 시간처럼
그렇게 지내보려 한다.

크게 다를 것이 없는 시간인데
사람들 마음속에서만
바쁘기도
아쉽기도
또 어떤 이들에겐 기쁘기도 한
오늘과 내일이다.

새해란…

새해도 어제 그제 그그제와
별다른 변화 없이 그저 흘러갑니다.

무엇이 달라졌을까.
한 게임 끝나고 새 게임을 시작하는 그런

무엇을 잃었는지 무엇을 얻었는지
빨리 잊고 새 게임에 임해야 이득이 될 텐데

그리 쉽게 얼굴도 마음도 바꾸지 못하며 살아가는
이 몸은 범부인지 무지랭이인지….

오동나무 꽃

길을 걷다 어깨 위로
꽃 한 송이가 툭 떨어졌다.
올려다보니 연보랏빛 꽃이
송이송이 피어있다.

오동나무는 딸 바보 아빠들의 나무라던가!
태어날 때 심어서 딸을 보듯 가꾸고
시집갈 때 베고 다듬어
옷장 하나 들려 보내고는
꽃이 피면 눈물이요,
잎이 져도 한숨이었을 딸 사랑 나무.

오며 가며 쳐다만 보던 그 나무가
꽃 한 송이 툭 떨구며 말 걸어온다.
딸은 잘 지내고 있느냐고.

잘 지내고 있어도
아프다는 말이 들려도
가슴에만 가득한 그 마음에

오늘,
오동나무 꽃 한 송이가
예쁜 딸 잘 지내고 있을 거라
이 아침 내게 안부를 전한다.

잠자리 한 마리

장마 통 하루 볕에
잠자리 한 마리가 집 안으로 들어왔다.

출근길 푸드덕 소리에 이리저리 찾아보니
천장 구석에 머리를 박고 푸드덕댄다.
저걸 어쩌나 하다가 그냥 출근을 했다.

하루 이틀 지나 어쩌다 보니
창문 앞 좁은 틈에 잠자리가 누워 있다.
늦은 후회!

잡아서 밖으로 놓아줄걸.
잠자리가 나오기는 아직 좀 이른데
성급하게 빨리 나온 잠자리가 길을 잃었나 보다.

무심히 잠자리를 쳐다보며
돌아가지 못할 길로 잘못 들어선
잠자리가 안타까워진다.

나도 길을 잃지 않고 잘 가고 있는 걸까!

장마

마른장마

지루함과
후텁지근함과 끈적임

무거운 하늘과
갈증

비라도 한바탕

여름 신고식

4부

아침 인사 4

가을이 저물어 가는 아침입니다.

어느 덧 우리들 틈으로
들어와 있는 겨울이

기지개를 켜며
활동을 시작하려 합니다.

겨울을 맞이하는 한 주
즐거울 수 있으며 좋겠습니다.

여름과 가을 사이

가을 같은 여름의 끝자락

눈부신 햇살에 산들바람
여름과 가을 사이

그 주고받음
이별과 만남
서글픔과 환희의 짧은 순간.

목요일 목마름의 시간은
따가운 햇살과 시원한 바람에

졸음에 겨운 눈꺼풀을
무거운 돌덩이 하나 묶어

구름조차 없는 파란 하늘
그 심연 속으로
나를 가라앉힐 때.

안개 낀 가을 아침

좋은 아침.
오늘도 역시 흐림.

가을이
하늘과 땅 사이에
안개의 나라를 만들었습니다.

흐릿한 시선 속에
실루엣으로 다가온 가을이
푸근한 듯 촉촉하게 지나갑니다.

달리는 길가의 나무들도 점점 헐벗어
입었던 옷들을 바닥에 다닥다닥 늘어놓으며
퇴색해 갑니다.

울긋불긋 몇 잎씩 남아 있는 작은 잎새들이
슬픈 듯 아름다운
겨울로 가는 길목의 아직은 가을인

옷깃을 사그락거리며 스치는 바람처럼
안개가 내리는 아침입니다.

우리 동네 작은 공원

한적한 우리 동네 작은 공원엔
어쩌다 한둘 속닥대는 이야기 소리

어쩌다
진짜 어쩌다
꼬맹이들 몇이 등장을 하면
시끌벅적 웃음소리 좁은 하늘 가득 메우고

간지러운 시끄러움에
입가에 미소 매달고
한참을 지켜본다.

꼬맹이들 재잘대던 마당 가득
하늘만큼 높은 은행나무에서

노란색 눈이 내린다.
노란색 눈이 쌓인다.

한적한 우리 동네 작은 공원에
하늘만큼 높은 은행나무에선

이 가을
노란 눈이 내린다.
노란 눈이 쌓인다.

가을 톡

흐린 가을 하늘이라
톡 편지 몇 자.

잘 지내지!
가을살이가 힘들진 않았나?

이제 가을이
나의 느티나무에 몇 잎
가을빛으로 남아 있어
그렇게 나의 한 해도 저물어 가고

아직은
이별의 준비가 끝나지 않은 슬픔이지만

곧
등을 보이고 멀어져 가면
슬픔도 내려앉겠지.

잠시 후 끝날 이별이지만
아직은 잡은 손 놓지 않은
가을과 마지막 포옹.

가을은

긴 여름의 뜨거운 불볕으로
가을이 늦장을 부리더니
지난 밤 숲속은 아우성으로 뒤덮였나 보다.

갑자기 들이닥친 가을이
아직도 푸르름을 즐기던 나무들을
얼마나 닦달을 했기에
아침의 숲속은 붉으락푸르락

온종일 해도 없는 우울한 회색 구름 아래
바람에 화가 난 듯 으르렁거리는 나무들은
예쁜 가을빛을 빨리도 만들어 낸다.

오늘 밤 온다는 가을비를 맞으면
떨어져 버릴 많은 잎새들이
마지막 가을을 빛깔로 태우듯
울긋불긋 선명하게 아쉬움을 건네준다.

이 밤비에 젖어 낙엽 되어 뒹굴다가
가을이 또 그렇게 바람 속으로 사라지겠지.

오랜 기다림에 반가움이

너무 빨리 가버리는 서운함에
나의 가을은 이리도 짧은 것을

보내기 아쉬워하면서도 비를 기다린다.
비에 젖을 낙엽을 가여워하며
또, 그 길을 거닐 내일을 생각하며…….

가을비 내리는 아침

어제보다는 덜 추운

가을 냄새가 남아있는
천둥번개 요란한 금요일 아침.

저녁에 술 모임이 있어
아주 조금 기분이 업 되어
유쾌함이 기대되는 기분 좋은 아침.

비 오는 가을 하늘에 설레고
불금 유쾌한 술 모임에 설레는

가을의 끝자락
기쁜 듯 슬픈 그런 아침!

11월에 손을 흔들며

나무들은
가을을 잘 보낸 것 같습니다.

어느 새 떨구어야 할 잎새들을
말끔하게 보내고
앙상하지만 초연하게
겨울을 준비하며
잿빛 하늘을 바탕으로
겨울을 그리고 있습니다.

뿌연 듯 푸른
흐린 하늘에
을씨년스러운
겨울이 이야기를 시작했나 봅니다.

이 겨울이
그리 춥지 않기를 기대하며
아직은 쌀쌀한 11월의 끝자락에 손을 흔들어 봅니다.

어제 내린 비

어제 내린 비로 가을이 작별을 고하는 것 같다.
거리가 온통 낙엽으로 덮인 듯
나무들이 옷을 다 벗고 바들바들 떨고 섰다.

지난 밤 빗소리에 헝클어진 내 머릿속에도
떨굴 것들이 저렇게 떨어졌으면.
그렇게 가을처럼 작별할 일은 작별을 했으면.

미련의 찌꺼기들 모두
빗물에 씻기고
바람에 날려가고
겨울 찬바람 앞에 오롯이 맞설 수 있으면 좋겠다.

느티나무 한 그루

지난겨울 만난 느티나무 한 그루는
회초리 같은 잔가지를 무수히 가지고 있어
몹시도 추웠던 그 겨울 그 바람에
많이도 시달리더니

올지 말지 왔다 갔다
심술궂은 봄바람에도 꿋꿋하게 잎을 내고
봄이 오는 날짜를 맞추듯
어느 틈에 무성한 느티나무가 되어있다.

찌질했던 잔가지마다 튼실한 잎이 돋으니
앙상했던 그 나무가 늠름한 멋진 나무가 되었다.

휘청이는 가지마다 실바람만 스쳐도
나무는 온몸을 흔들어 춤을 추듯 반긴다.

가지 많은 나무에 바람 잘 날 없이
느티나무는 하루 종일 나를 향해 손을 흔든다.

겨울 느티나무

회색 구름 무겁게 드리운 날은
느티나무의 수많은 잔가지가 돋보이는 날

가슴속에 생각만큼 많은 잔가지가
힘겨운 바람에 휘날리기도 하지만

봄이 오면 잎새들이 하나둘 매달리고
살랑거리는 바람에 춤추는 잎새를 그리며
눈 속에 추위 속에 겨울을 견디고 있다.

겨울나무

무덥고 긴 지난여름이
남기고 간 상처로
짧은 가을이 미처 해내지 못한 잎 마름이
한겨울 가지에 어수선히 남아
찬바람에 바스락거리며
긴 겨울을 견디어 낸다.

우리의 삶은
버리고 가야 할 무엇을
때맞추어 버리고 갈 수 있기를…

추운 겨울
마른 잎새 가득 달고 선
겨울나무가 아니기를….

눈 온 다음 날

밤새 내려 녹지 않은 눈이
얼음이 되고

미끌미끌 뒤엉키는
사람들과 차들

지나는 얼굴마다
불편한 듯 감춰진 미소는

어수선하면서도
눈에 익은 아침풍경입니다.

노랑은 눈물입니다

노랑은 눈물입니다.
부엉이 바위에서 시작된 눈물이
노란색 바람개비로 돌아가면서
노랑은 가슴에 무거운 돌덩이로 자리를 잡았습니다.

그 무게에 익숙해지기도 전에
노랑은 리본으로 또 한 번
가슴을 찢으며 펄럭였습니다.
팽목에서 목포까지 그 오랜 시간을

또 하나의 노랑이 아프게 합니다.
누구도 믿으면 안 되는 세상이라 말하고 가셨지만
그래도 우리는 믿으며 살고 싶은 세상입니다.

노랑은 아픈 눈물이지만
노랑은 우리의 믿음이고 정의가 되었습니다.

광화문 촛불 속에서 2016

분노의 촛불 속에서 11월이 저물어 갑니다.

그러나 그 속에서
새로운 우리도 보이고
희망도 보입니다.

우리의 아이들에게
정의로운 사회를
물려 줄 수 있을 것 같다는

그래서 감동의 눈물도 흘렸습니다.
수많은 촛불 속에서.

1919 봄, 2019 가을

100년 전처럼 국민들이 일어섰다.
이젠 누구도 억압하지도 방해하지도 않는다.
그런데 양쪽으로 갈라섰다.

한쪽은 그간의 억눌림을 없애려 하고
다른 쪽은 다른 일로 그것을 반대하려 한다.
아니 몇 가지가 엉켜서 어떤 것이 진짜인가?
100년 전 억압하던 자들의 곁의
잃을 것이 많은 사람들이 앞장서고 있는 형국이다.

잃을 게 별로 없는 사람들을 위하여
잃을 게 많은 자가 나섰으니
잃을 게 많은 자들이 그를 끌어내리려 한다.

잃을 게 없는 자들은
잃을 게 많은 자를 통해서라도
그간의 억압을 풀고자 하나
모순의 모순은 서로를 힘들게 하니
세상사가 어지럽다.

5부

아침 인사 2

좋은 아침.
비 온 뒤 햇살이 눈부신
가을 아침입니다.
즐거운 하루.

우유에 빠진 생쥐

어느 생산성 향상 포스터
두 마리의 생쥐가 각각 우유에 빠졌다.

한 마리는 조금 허우적거리다 익사했고
한 마리는 죽기를 다하여 움직인 덕에
우유가 치즈로 변하여 살아남았다는

그럴 수도 있겠다는 희망이 보인다.
우유는 얼마나 저어야 치즈가 되는 걸까?

죽을힘을 다하여
죽을 때까지 저으면 치즈가 되려나.
그런 행운은 누구에게나 오는 일일까!

* 영화 『catch me if you can』 중에서 발췌된 내용

걱정

걱정이 후회를 몰고 온다.
걱정이 원망을 몰고 온다.
잔잔한 호수 같던 일상에
돌팔매처럼 날아든 한마디.

손톱 밑에 작은 상처처럼
매일 매일 거슬렸지만
모른 척 괜찮은 척
마음 한쪽 구석으로
몰아두었던 그 한마디가
드디어 오늘 위용 드러냈다.

미리 준비해야 했었다.
아니 내가 준비한다고 될 일도 아니었다.
이럴 때마다
후회가
원망이
내 가슴을 짓누른다.

또 어디로 이사를 가야 하나.

기후변화

메마른 3월 어느 날
반가운 비가 내렸다.

기다렸던 아련한 봄비는 오지 않고
사납고 매서운 봄비가 왔다.

유리창을 흔들며
무섭게 내리꽂히는 물방울들
올해 나의 봄은 늦게 오려나 보다.

하늘 따먹기

병원 산책길엔 나무가 많다.
잘 가꾼 작은 숲엔
이리저리 길도 많다.

우거진 나무 사이로
하늘이 조각조각 보이기도
나무에 가려 보이지 않기도 한다.

키 큰 나무들 사이에
가녀린 작은 나무 몇 그루.

한 줄기 빛을 향하여
온 힘을 다해서 위로 위로 키를 키운다.
한 뼘의 하늘을 차지하려
온 날들을 살아내고 있다.

바람이 불면 부러질 것 같은 가는 몸에
듬성듬성 생존에 필요한 최소한의 잎만을 가지고
한 뼘의 하늘이라도 보고 말리라는
손가락 굵기의 키만 높은 나무를 바라보며
애틋한 가슴을 쓸어내린다.

남산을 보다

서울 성모 18층 병실에서 남산을 바라본다.
상자를 세워 놓은 듯한 아파트 사이로
한 조각 강물이 보이고
그 너머 푸른 숲은 미군이 남긴 흔적.

한남동 옛 모습엔
삐죽이는 건물들이 덧칠해져 세월이 보이고

젖가슴인 듯 봉우리 두 개에
꽃이 한창인 아카시아로 색이 바뀌고
북한산 도봉산은
뿌연 안개로 꿈을 꾸듯 멀리 있다.

한때는 자랑거리였던 높은 타워도
그리 예쁘게만 보이지 않음은
내 지나온 세월 탓이겠거니…

저 산을 지키기 위해
얼마나 많은 사람들이 가슴앓이를 했던가.
그 고급스러운 아파트 철거 건은
쉽지 않은 일이었을 것.

아쉬움은
저 검은 건물까지 밀어 냈더라면
욕심일까? 욕심이리라!
아쉽다, 검은 그림자
그것은 힘의 논리였으리라!
우리의 검은 그림자

고맙다.
드넓게 들어설 초록의 공원
그렇게라도 남아 있을 수 있음을….

인력 파견 인계서

심한 담배 냄새와 체취가 뒤섞여 숨을 쉴 수가 없다.

아침 일찍 출발하는 지하철 원시선.
졸린 눈 비비며 새벽을 나선 사람들
자리에 앉으면 눈부터 감는다.

직장이 있어 가는 사람
하루 일을 가는 사람

담배를 얼마나 피우면 이럴까
옆자리에 앉아 다리를 떨며 계속 움직인다.
핸드폰을 꺼내어 내릴 장소를 확인하고 또 확인하고
그 불안이 내게도 전달되는 듯
눈을 감고 있을 수가 없다.

부스럭거리며 종이를 편다.
힐끔힐끔
인력 파견 인계서
아! 그랬구나! 인력 사무소에서
다른 인력 사무실로 일을 찾아가는구나.

그 불안한 삶이 눈에 보이는 듯하다.

그 담배 냄새, 땀 냄새도

그 삶의 긴장이

모두 잃어버려 불안한 일자리 때문인 것 같다.

퇴근길 지하철에서

잉어 한 마리가 낚시에 걸린 듯하다.
"비좁으니 비켜!" 소리라도 지르는 듯
팔다리를 흔들며 옆자리에 앉는다.

얼굴이 화끈 달아오른다.
이놈을 세 번째 만난다.
팔이며 무릎의 힘이 나를 압도한다.

겨울철 두툼한 옷 때문에 남에게 피해가 갈까
모두 조심스럽게 앉는데 이놈은 도발적이다.
적당히 자리가 잡혔겠지 하고 마음을 놓으면 수시로
팔꿈치와 무릎을 흔들어 댄다.

처음과 두 번째는 그냥 보내줬지만
오늘은 잉어의 손맛을 느껴 봐야겠다.

눈을 지그시 감고
낚시터에서 낚아 올린 펄떡이는 잉어를
맨손으로 잡아 올리는 상상을 하며
잉어를 두 손으로 감싸듯
무릎과 어깨를 지그시 누른다.

이것은 나의 영역을 심하게 넘어오는
놈의 침공에서 나를 지키는 것이다.

요동을 친다.
다시 한번 지그시 눌러본다.
그 힘을 유지하며 놈의 동태를 살핀다.
혹시라도 덤벼들면 낭패다.

놈이 언제 또 펄떡일지 모르니
나는 오래 힘을 유지해야 했다.
두툼한 옷과 맞닿은 체온 때문에
등 쪽에 땀이 스멀댄다.
오른쪽 다리에 힘을 주어 버티려니
왼쪽 다리에 감각이 떨어진다.

놈이 앙칼지게 또 한 번 요동을 치더니
자리에서 벌떡 일어선다.
아직 내릴 때가 아닌데…….
다 잡은 물고기를 놓친 듯 마음이 허전하다.

아쉽다.
무언가 느끼게 해주었을까?
종점에서 일어서니 다리가 후들거린다.
다시는 안 만났으면 좋겠다. 이런 나쁜 잉어는.

산사 음악회

화엄사 처마 밑에 음악이 흐른다.
초여름 실바람이 나뭇잎을 흔들고

노랫소리 바람에 실려 용마루를 넘으면
토탁토닥 박수 소리 분홍빛 얼굴들

첼로의 깊은 소리 가슴을 흔들고
오월의 맑은 하늘 흰 구름 고운데

가슴 깊이 내려앉은 무거운 상념들은
흥겨운 색소폰 소리에 잠시나마 물러간 듯

산사의 음악회가 신선한 횡재로세.

2019 끝날에

한 해의 끝에 서 있습니다.
내일이라고 특별히 다르지도 않습니다.
그래도 새로운 시작점이라 믿고
생각도 습관도 바꿀 좋은 기회이기는 합니다.

그것도 늘 몇 날이 못 가서 흐지부지되기는 하지만
모두에게 똑같이 나이를 한 살씩 더해주니
그 무게감으로 그리들 하는 듯합니다.

여태껏 사는 동안 그렇게 해서
한 번쯤은 그런 생각 없이 넘어가 보려고 해보았지만
그것도 그리 마음 편한 일은 아니더이다.

그저 기회가 주어졌을 때 무언가 다시 생각해 보고
바꾸려는 마음도 가져보고
몇 날을 노력도 해보면
새로 시작하는 마음도 생기고
또 한 살 더 먹는 것에 대한 무거움도 덜했던 것 같습니다.

누구에게는 기쁨이기도 하는 한 살을 축하해주고
그렇지 않은 사람끼리는 서로 위로와 격려를 나누는
오늘과 내일이 되면 좋겠습니다.
행복하고 건강한 2020년이 되시기 바랍니다.

2019. 12. 31. 영탁 드림.

입춘 2020

쌀쌀한 아침 하늘이 파랗다.
봄인 듯 겨울이 코와 귀를 싸하게 하는 아침.
입춘이란다.

겨우내 겨울을 걱정했다.
겨울이 왜 이러냐고.

기후 변화에 이상 기후에
호주의 산불은 몇 달을 끄지도 못하고
수천 마리의 아니 그보다 훨씬 더 많은
동물들이 불에 타서 죽어갔다.
그리고 앞으로도 죽을 것이다.
그러나 우리는 아무런 대책도 없다.

어제저녁 늦게 귀가한 아들의 생일케이크를 자르며
뉴스를 보던 중 오늘 우산을 챙기란다.

챙겨 들고 온 우산이 민망해서 하늘을 봤다.
맑고 파란 하늘
저녁부터 온단다.
입춘의 눈.

April come she will

April come she will….
앞부분만 겨우 아는 이 노래가 생각나….

그녀가 누굴까?
이제 진짜 봄 같다.

그녀가 왔나 보다.
Spring.
봄이, 보미, 그녀들이 온 거 같다.

산들거리는 바람에
조금 풀어 헤쳐도 좋은 옷깃 사이로
그녀들의 향기가 간질거리며 파고든다.

사월에

눈부신 사월의 햇살에
눈부신 꽃잎의 화려함이

기다린 봄을 보면서
가슴은 춤을 춥니다.

여린 잎이 돋아나고
연둣빛 물을 들이고

봄날은 무르익어서
초록의 오월이 오고.

여름 시작

장미 덩굴 담장 아래
붉게 떨어진 꽃잎들이
유월의 햇살 아래 핏빛으로 말라가고

높이 뜬 태양이
송곳처럼 내리꽂히는 한낮

살랑 부는 솔바람에 느티나무 속삭이듯
그렇게 여름은 곁에 와 있다.

등나무 줄기는 허공을 허우적거리고
눈부신 태양이 부끄러워
손을 들어 눈을 가린다.

애국가 1

수많은 촛불 속에
효자동 어디쯤인가에서
트럼펫 소리에 맞추어 부르던
애국가는 감동과 눈물이었습니다.

버스 지붕 위에서 앉아
촛불을 내려다보던
그 청년들의 가슴도
뜨거웠던 그 밤.

애국가는 뜨거운 가슴이었습니다.

애국가 2

광주 5·18 기념식에 참석하여
애국가를 부르던 대통령을 보면서
그저 흐르는 눈물을 멈출 수가 없었습니다.

왜 우리는 이렇게 서로를 힘들고
아프게 하며 살아왔을까?

갓난아기로 5·18에 아버지를 잃은 딸을
이제 다시 엄마가 된 그녀를
그 시절 아버지가 되어 안아 주던 대통령의 마음이
그 아버지가 나인 듯 눈물이 뜨거웠습니다.

애국가 3

오랫동안 가고 싶었던
봉화마을 바위 앞에서 애국가를 불러봅니다.

눈이 흐려져 읽을 수 없는
바닥의 붙인 타일 하나하나가 그리움과 사랑입니다.

정말 나라를 사랑하는 일은 쉽지만은 않은 것인지
그래도 사랑합니다. 대한민국.

애국가 4

5년도 지난 팽목항에 섰습니다.
빨간 등대 노란 리본은 TV 속 그대로입니다.

바람의 날리는 노란 리본 밑 타일에는
수많은 분노와 미안함이 있습니다.

애국가조차 부를 수 없는
미안하고 아픈 마음
기억하고 지켜 가겠습니다.

그들도 아직 사랑하고 있겠지요. 대한민국.
사랑합니다. 대한민국.

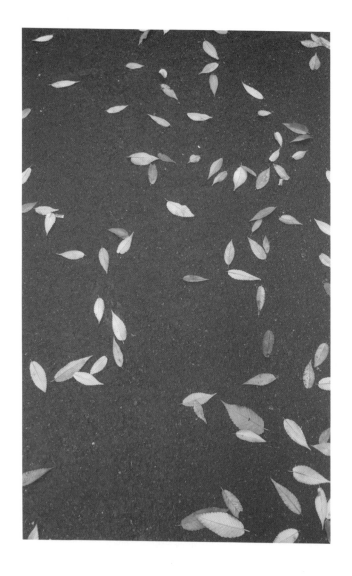

6부

어떤 아침

좋은 아침!
예전 같으면 낭만적인 아침인데

요즘은 미세먼지가
걱정스러운 뿌연 아침.

그래도 우리는 열심히….

수채화

수채화처럼 투명한 친구가 있었습니다.
늘 해맑게 웃으며 믿음직하게
우직하게 자신의 일을 해내던.

그래서 있는 듯 없는 듯
늘 그렇게 옆에 있을 것 같던 친구를
문득 어디 있지 하고 찾게 되던 날.

언제부터 안 보였지 가슴을 치며
생각하고 후회하며 찾아낸 친구는
파리한 얼굴로 병실에 누워 있습니다.

그리곤 이제 다시는 볼 수 없게 되었습니다.

보이스 피싱

문자 하나가 들어 왔다.
에어컨 대금을 결제하겠다고.
에어컨은 작년에 샀는데….

보이스 피싱인 것 같아 열지 않았다.
어쩔까 망설이다 112에 신고를 했다.

피해를 입었나? 아니오.
그럼 사건 신고를 할 건가 아니오.
그럼 콜센터로 연결해 줄 테니….

콜센터 여직원에게 다시 설명
사건 접수를 하시겠… 아니오, 정보만…
그럼 지역 경찰서로 가서 사건 접수하세요.
내가 먼저 끊었다 너무 번거롭다.

다음 날 저녁 뉴스
똑같은 내용의 수법으로
김포 사는 누구는 2억을 잃었단다.

내가 잘못해서 그리된 건가.
마음이 무겁다.

모멸

잊을 수 없는 그 밤
작심한 오만에 놀란 나
비웃음 가득한 독주에
몸은 스러지고
아물거리는 정신

몽롱해져 가는 눈에 비친 야비한 웃음
분노로 흔들리는 가눌 수 없는 몸

분노의 아침
또렷한 기억
그를 다시 생각한다.

왜?
다정한 그
친절한 그
그러나 그는 나를

자존심으로,
거친 숨으로,
이를 악물며,
우유부단과 결별을 한다.

잊을 수 없다.
분노로 남은 그 모멸감.

오랜만에 친구를 찾다

오랜만에 친구를 찾았다.
아무렇지 않게
"나두 암 걸렸어."

친구는 심근경색 수술 후
몸조심하며 산다.

별다른 일상의 이야기도 없이
친구가 하루도 쉬지 못하며 일해야 하는 치킨집에서
웃으며 담아준 치킨 한 접시를 맛있게 먹고

서로 몸조심하라며 눈길을 주고받고
돌아서는 길목에 안개가 끼기 시작했다.

뿌옇게 낀 안개가
속눈썹에 물방울을 만들 즈음
뭔지 모를 슬픔이 어깨를 흔든다.
뿌연 안개는 내 눈에만 이슬로 맺혀온다.

안부 전화

띠리링, 전화벨이 몇 번 울리고
힘없는 목소리의 그가 전화를 받는다.
여보세요!
응, 잘 있었어.
밥은 잘 먹고?
통증은 좀 어떠니?
힘도 없이 그가 대꾸를 한다.

어, 그래도 조금씩 먹기는 하는구나!
열심히 먹어야 산다.
가슴이 먹먹하다.
그래도 웃으며 주문을 한다.

그래 이번 주말에 한번 갈게.
먹는 연습 잘 해가지고 우리 밖에 나가서 외식하자.
먹고 싶은 거 잘 생각해 보구!
억지로 전화를 끊고 전화기를 한참을 들여다본다.

가슴이 아프다.
눈이 무겁다.
눈물이라도 흘렸으면 좋겠다.
내가 할 수 있는 것이 없다. 그냥 슬프다.

가슴만 자꾸 뻐근해진다.
밖에는 비가 온다. 온 종일…
그리 길 것 같지 않은 이 어렵고 힘든 시간이
모두에게 고통이다.

이별 2020 1

이별을 기다리고 있습니다.

오랜 세월 얼굴 마주 보며 웃기도 하고 울기도 하고
장난질 치던 그 녀석을
이제 보내야 할 때가 된 것 같습니다.

즐겨 마시던 술도 못 마시고
절대로 끊을 수 없다던 담배도 끊어야 했고

수술로 꿰매 놓은 몸에 튜브가 꽂혀있고
고통에 못 이겨 먹던 약에 취해서 잠만 자는.
그 잠든 얼굴이 평온해서 깨울 수도 없는데

퉁퉁 부은 발등에선 진물이 흐르고
코를 골며 자는 얼굴이 안쓰러운데

이제 며칠일지 몇 시간일지
나머지 숨은 몇 번이나 더 쉴 수 있을지
차라리 깨지 말고 그렇게 평온하게 잠자며 가려무나.

조금 더 같이 있을걸
조금 더 다정하게 대해줄걸

조금 더 많이 웃어줄걸
왜 이리 아쉬움이
못 해준 것이 많은지.

이별 2020 2

이별의 기다림이 끝이 났다.

생과의 이별은 너무도 힘이 들어 보인다.
이렇게 보내는 마음이 너무 아프다.

오늘 이 세상 떠난 이 영혼 보소서.
주님을 믿고 살아 온 그 보람 주소서.

1) 주님의 품에 받아 위로해 주소서.
   주님의 품에 받아 위로해 주소서.

2) 세상의 온갖 수고 생각해 주소서.
   세상의 온갖 수고 생각해 주소서.

3) 주여 그 애원 들어 평안케 하소서.
   주여 그 애원 들어 평안케 하소서.

* 가톨릭 성가 520번 중

춘천 가는 열차는

춘천 가는 열차에는 젊음이 있었습니다.
춘천 가는 열차에는 첫사랑도 있었습니다.
춘천 가는 열차에는 그리움도 있었습니다.

지금
춘천 가는 열차에는 우리가 있습니다.
아직 손잡고 안아 볼 수 있는
기쁨을 맛보러 갑니다.

젊음도
첫사랑도
우정도
그리움도 담고 있는
춘천이 좋습니다.

그래서 춘천은
가을도 봄인가 봅니다.

빨리 가는 시간 느리게 가는 시간

어느 새 움직임이 굼뜬
내 몸의 시간은
느리게 가고

왜 이리 느릿느릿 움직이느냐
묻는 이들의 시간은 빨리 가나 보다.

나에게 주어진 시간은
그리 빨리 가는데

나를 지켜보는 이들의 시간은
너무 느리게 가는가 보다.

출근길

지하철까지는 7분

얼굴을 씻고
옷가지를 뒤적이다
거울을 들여다본다.

현관에 서면 생각나는 일들.

숨을 헉헉대며 지하철에 올랐다.
이런 일이 점점 늘어간다.

알람을 10분 빨리 맞춘 것이
얼마 되지 않았는데

다시 맞춰야 할 것 같다.

다이어트

배가 뽈록 나왔다.
숨을 참고 배를 당겨도 들어가지 않는다.

식탐이 문제다.
먹는 양이 자꾸 늘어난다.
줄여야겠다.

한 끼를 건너뛰었다.
쪼로록 소리가 난다.
얼마 만에 느껴보는 배고픔인가.

어릴 적 먹을 것이 없어서 나던 그 소리가 생각난다.
그때는 어떻게 살았을까.
그때를 어떻게 견뎌냈을까.

먹을 수 있는데 안 먹는 지금도
먹을 수 없어서 못 먹었던 그때도
배에서 나는 소리는 같은데
아련한 슬픔이 눈 밑에 차오른다.

샤워 중

기온이 갑자기 뚝 떨어진 가을 저녁
따끈한 물로 샤워를 하며 거울을 본다.

오늘따라 배가 더 나와 보인다.
두리뭉실한 허리
야트막한 언덕만 한 배
아무리 줄여 보려 애를 써도 줄어들지 않는 배.

늘리는 건 몇 끼만 마음 놓고 먹으면 늘어나고
늘어나는 그 며칠을 참을 수가 없는 나.

늘어나는 것은 참을 수가 없고
줄이는 것은 나의 의지로 어떻게 되지 않는
진퇴양난의 나의 뱃살들.

누구는 남들의 나온 배가 그리 좋아 보인다는데
나도 내 뱃살들이 좋아질 수 있으려나!

매력

그대가 매력적인 사람인 것은
그대가 매력적인 것이 아니라
그대에게 매력이 주어졌던 것이다.

그것이 유전적인 것이든
그대가 살면서 어찌어찌 만들어진 것이든

그대가 미리 알아차려서
그 매력을 가꾸었다면 그대의 지분이 있겠지만

대부분의 매력은 자신이 모르는 상황에서
타인에 의해 발견되고 칭송을 얻는다.

그대의 매력은 그대 스스로에게는 별 도움도 쓸 데도 없다.
다만 타인에 의해서 그대의 장점이 되고
그대에게 이런저런 도움이 되고
기쁨이 되고 희열이 되는 것이다.

그대여, 그대의 매력을 가지고 타인을 슬프게,
아프게 하지 말아라.
타인이 없는 그대의 매력은 아무짝에도 쓸 데가 없다.

누구든 그대의 매력을 알아보는 이가 있거든 감사하여라.
세상에는 그대의 매력을 알아봐 주는 이가 그리 많지 않을
것이니.

상속

사랑하는 아들에게
아빠도 미처 본 적이 없는
돈에 대한 중요한 이야기가 이 책에 있는 것 같구나.

평소 부자들은 무엇인가 다르다고 생각했는데
그 생각이 맞는 것 같아 충격을 느끼며
너에게 가르쳐 주기에는 시간이 너무 늦어 버렸고
내가 가진 지식도 너무 빈약해서
너에게 도움이 되길 바라며 이 책을 주려 한다.

꼭 이 책처럼 살라는 것은 아니다.
그저 몇 가지 삶의 방법을 얻었으면 하고
또 그것을 너의 아이들에게 가르쳐 주기를 바랄 뿐이다.
조금 진지하게 이 책을 보길 바란다.

2008. 6. 23. 아빠가.

슬플 땐 눈을 꼭 감는다

슬플 땐 눈을 꼭 감는다.
나의 슬픔을
남에게 보이지 않으려

슬플 땐 눈을 꼭 감는다.
나의 눈물이
흘러내리지 못하도록

꼭 감은 눈에
눈물이 맺히면
눈을 크게 뜨고 하늘을 본다.
내 눈에 담을 수 있는 눈물만큼

눈물이 넘쳐
볼을 타고 흘러내리면
돌아서서 한 번은 울어야겠다.
넘쳐흐르는 눈물만큼만

내가 눈을 크게 떠
담을 수 있는 슬픔은

늘 나와 함께 살아온
소중하고 아름다운
나의 슬픔이니까.

풀잎의 미소 안고

풀잎의 미소 안고 아침으로 찾아와
종달새의 소리로 부엉이의 울림을
해 질 녘 서쪽 하늘처럼 시선을 빼앗고
눈사람의 정겨움으로 포근하게 끌어안고는

가슴속에 꽁꽁 숨겨 놓았던 비밀인양
소근소근 사랑한다 속삭이면서
또르르 눈물 한 방울 흘리는 사람.

행여
나 그대 떠날 일이 있다 해도
그대 사랑 가슴에 듬뿍 담고 가서
오래도록 조금씩 꺼내어 보며
아름다운 그대를 그리워 하오리.

하지만
어찌 그대를 떠나 가오리.
이렇듯 곱고 여린 그대를
늘 주문처럼 외우오리다.
그대의 마음을
그대의 노래를….

vedrai. vedrai. vedrai. vedrai.

뒷걸음질 치다가
들켜버린
나는

.

.

.

필리버입니다.

* Vedrai vedrai: '보게 될 거야'라는 뜻의 이탈리아어 노랫말

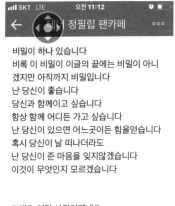

비밀이 하나 있습니다
비록 이 비밀이 이글의 끝에는 비밀이 아니
겠지만 아직까지 비밀입니다
난 당신이 좋습니다
당신과 함께이고 싶습니다
항상 함께 어디든 가고 싶습니다
난 당신이 있으면 어느곳이든 힘을얻습니다
혹시 당신이 날 떠나더라도
난 당신이 준 마음을 잊지않겠습니다
이것이 무엇인지 모르겠습니다

그래요 이건 사랑이겠네요
고마워요 사랑하게 해줘서

꿀립이말고 정필립이 필리버에게

목록으로 ♡ 51 💬 38

* 필리버: 정필립 팬 카페 회원들

영탁의 그래도

시, 그 언저리

저   자 영탁

1판 1쇄 발행 2020년 10월 28일

저작권자 영탁

발 행 처 하움출판사
발 행 인 문현광
편   집 홍새솔
주   소 전라북도 군산시 축동안3길 20, 2층 하움출판사
I S B N 979-11-6440-701-9

홈페이지 http://haum.kr/
이 메 일 haum1000@naver.com

좋은 책을 만들겠습니다.
하움출판사는 독자 여러분의 의견에 항상 귀 기울이고 있습니다.

이 도서의 국립중앙도서관 출판예정도서목록(CIP)은 서지정보유통지원시스템 홈페이지(http://seoji.nl.go.kr)와
국가자료종합목록 구축시스템(http://kolis-net.nl.go.kr)에서 이용하실 수 있습니다. (CIP제어번호 : CIP2020043233)